nF418135S

LAS RAÍCES DE LAS PIEDRAS
Les racines des pierres

COLECCIÓN PRIMIGENIA

ARIANE BILHERAN

LAS RAÍCES DE LAS PIEDRAS
Les racines des pierres

Ariane Bilheran ©

Editor: Andrés Pascuas Cano

Cuidado de textos: Andrea Vergara G.

Diseño y maquetación: Nueve Editores

ISBN: 9798622217999

Primera edición, marzo 2020

www.nueveeditores.com

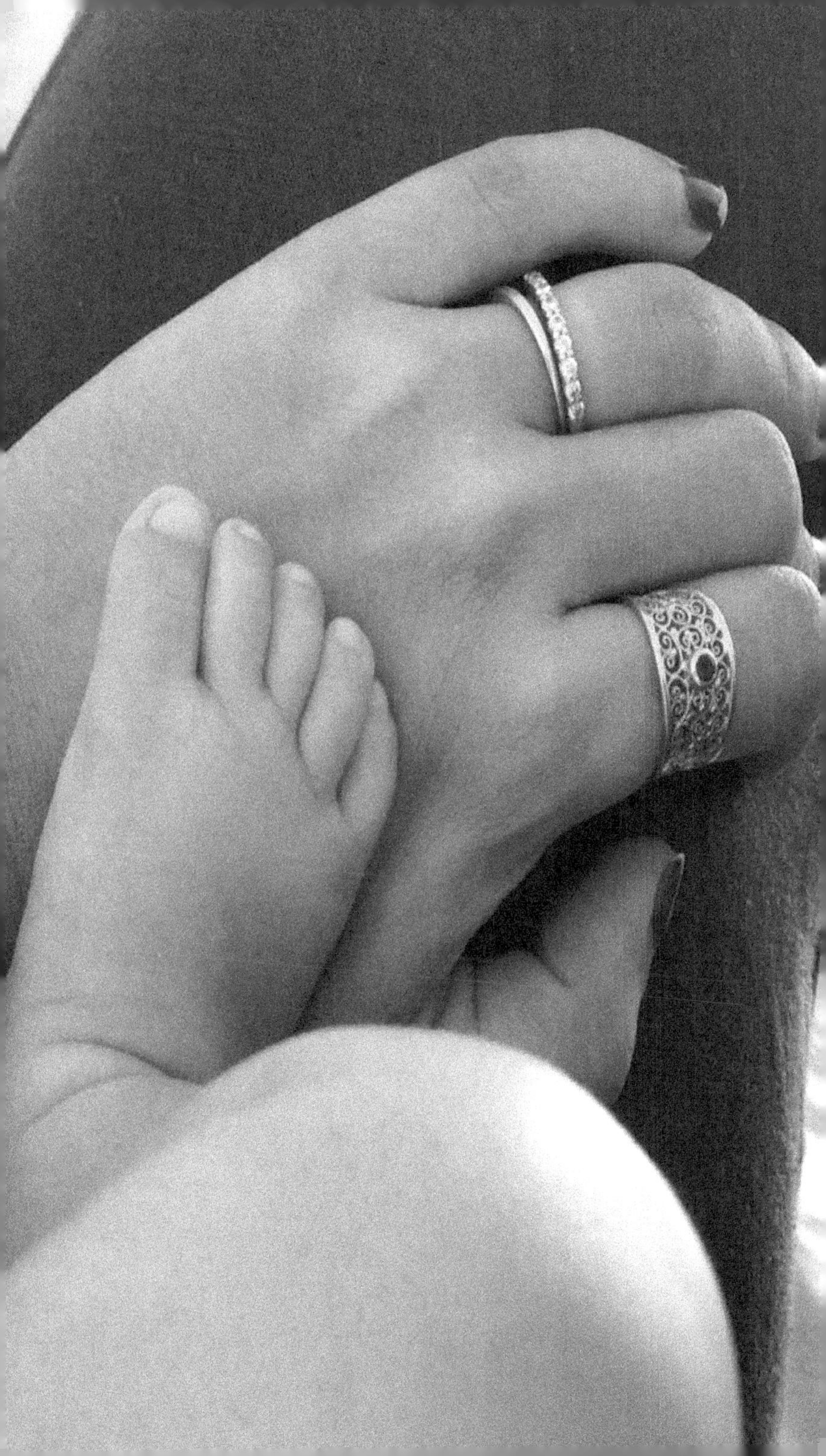

El ruido del silencio

En el ruido del silencio,
Escuché el murmullo de tu tristeza...
Te envió el espíritu del viento,
A diluirla en una cascada de lágrimas,
En pura alegría.
Porque siempre me asusto
De que tú te vayas
Lejos de mí, lejos de todo
En mí, está tu puerto...
El corazón del mundo, no lo deja.

El espejo

Soy un espejo, dices
De lo que tú me haces
Como me tratas lo reflejo
Te puedes mirar en mi ojo...

Eres el espejo
De ti mismo
Eso es lo único
A entender

Como al otro, te tratas tú mismo
Como lo amas, te amas tú mismo
Cuando te alejas de mí
Como lo que yo viví,

Te alejas de ti mismo
Porque soy tu corazón
La que te amó, entero,
Sin condición.

Soy tu espejo
Eres el mío
Eres el tuyo
Soy el mío

Tus fracturas de alma
Son las mías
Las heridas que me das
Son las tuyas

Eres un espejo
¿A quién abres las puertas?
Si no es al bueno, será al malo
La naturaleza no sufre lo vacío...

Soy tu espejo
De tu nuevo camino
El camino del amor
El camino del amigo
Lo que decidiste como destino

Conozco los secretos de tu alma
Detrás de tus palabras
A veces falsas
A veces inexactas
A veces confundidas

Y como soy tu espejo
Te espero
Y te amo.

Claridad

He robado la estrella de plata
Y el sol se apagó
Navegan las ondas del agua
El resplandor deslumbrante de la vida
Luchando maquinalmente con el precio.

Clarté

J'ai volé l'étoile d'argent
Et le soleil s'est éteint
Voguent les cimes des lames
L'éclat éblouissant de vie
Contre l'épave machinale.

Los caminos de las piedras

Los caminos de las piedras
Te adelantan atrás
Tus ojos tímidos tienen esta decencia,
Que te quiero quitar
Porque por ti soy loca…
Traer o llevar
La pasión junto al fuego
Y tus palabras
Soplando en mi oído
El misterio de las estrellas
El hombre que habla a las piedras de los caminos
Y la mujer que fusiona los núcleos de las palabras
En un amor salvaje se unieron tiernos
Sonando al compás de sus memorias indígenas.

La gangrena

Me gustaría recuperar el tiempo perdido
Antes de que se me escape
Antes de que me engañara.
Camino por la noche, sin rumbo,
Como la niña perdida que llora,
Como la niña pobre que muere de hambre.
Busco algo de vida, de bien, de alegría.

Busco algo de vida, de bien, de alegría.
Me tiento, huyo,
Me acerco y escapo otra vez.
Caminas por las islas,
Caminas, alma del transeúnte,
Alma, desfile de sonrisas,
Sonrisas de ironía maliciosa.

He visto reír a los hombres que lloraban,
He visto a mujeres prostituyéndose por caridad.
Odio la cruz de la vida
Posada sobre esta muerte impersonal.

Tiempo de nieve

Estaban corriendo en la nieve y el viento,
Deseando y esperando
No llegar nunca.
Han olvidado el sufrimiento y la pena,
Con el único pensamiento
De que la alegría se irá pronto
Para luchar siempre.

Temps de neige

Ils couraient dans la neige et le vent
en espérant ne jamais arriver.
Ils avaient oublié la souffrance et le chagrin,
avec la seule pensée
De la joie qui hélas les quitterait bientôt,
pour toujours se battre.

Miedo fugaz

Tengo miedo de estar cansada,
Estoy cansada de ti,
La vida es mi presa.

Yo quiero, sí, quiero
La vida
Ser vida de ti.

Lo sé, lo presiento
Creo
Que todo está hecho para mí.

Que este Yo agarre a su presa.
El abismo no tiene sed,
De dolor, de amor.
Pisa. La muerte está aquí.
Mira.
Sé inmutable, sé implacable.

La aurora está lejos
Y el miedo se esconde en mi casa.
La aurora está lejos
Y no sé cuál es la razón.

Estoy escuchando
Y el cielo es mío.
Vida.

Sonríe, haz lo que crees,
Muere.
Y la vida te espera
Buen hijo, mi amor.

Fluida, cascada soberana.
Yo escucho, y el cielo es mío.

Fulgurante

Un pájaro pasa por el cielo.
Mira.

La luz serena, húmeda. El aire.
Belleza de las cosas sin color.

¿Crees en la pureza?
El mal no existe.

La naturaleza es hermosa, tan real,
Tan cerca de mí.

He caminado sin prisa.
Pisando la hierba picante,
Olía este olor áspero del otoño.

Mis ojos nuevos han bebido el sabor del bien.
Todo grita; todo tiembla; todo vive.

Descubrí que solo la naturaleza gritaba de verdad.
Todo es puro, todo es hermoso,
Lo que tú digas.
¿Crees en la vida?

Un pájaro pasa por el cielo.
Mira.

Sus alas están latiendo.
Vivir todo el tiempo.

Vivir cada momento como si fuera el último,
Vivir a fondo con toda su alma y todo su cuerpo,
Vivir, porque es hermoso, porque es verdad.

Pero ¿sabes que todo está bien?
Los hombres no saben encontrar la belleza
Y está en todas partes.

Mira…

Tierra caribeña

El sabor del sol penetra en mi cuerpo.
Todo me fascina, me duerme: ¿Me has hechizado?

Tengo miedo.
La serpiente anda por ahí, y tú me miras a mí
De tus ojos de águila negra que me dejan sentada.

El niño silencioso, con una mirada inocente
Contempla, maravillado, a Colombia, su país,
Este despertar luminoso, esta espera de vida,
Belleza negra y tambores, risas, bailes y cantos.

Colombia, mi amiga, ¿dónde vas a estar mañana?

Raíces

A un lado de un diente arrancado,
Me acuerdo
De estas tres raíces dañadas
Muy lejos…

Desde que te fuiste,
Dejándome aquí de pie,
La libertad y la soledad
En equilibrio
Bailando
A merced de los vientos
Que me empujaron hacia arriba
Hasta las costas indígenas,
Qué he hecho con mi pena,
Y de mi propia inspiración.

¿Donde están nuestros ancestros raíces
Qué piensan de nuestros modales,

De nuestras vidas adúlteras,
De nuestras rapiñas?

¿Fueron mejores o peores que nosotros?
Sobre la espuma de mar inclina
Mi alma, navega y suspira
La memoria de la página blanca,

¿Qué les puedo decir?
¿Qué les dirías tú,
Tú, en quién nos hemos convertido,
Nosotros, los pobres mártires?

Y esa sangre que fluye
Del plasma ancestral,
Deja mi encía pálida
De un mundo que se desmorona.

Racines

Au détour d'une dent arrachée,
Je me souviens
De ces trois racines abimées
Très loin…

Aussi loin que tu es partie,
Me laissant ici,
Seule et libre
En équilibre
Dansant
Au gré des vents

Qui me poussèrent
Jusqu'aux côtes indiennes,
Qu'ai-je fait de ma peine,
Et de mon inspiration,

Où sont nos ancêtres racines
Que pensent-ils de nos manières,
De nos vies adultères,
De nos rapines,

Furent-ils meilleurs ou pire ?
Sur l'écume de mer penche
Mon âme, vogue et soupire
La mémoire la page blanche,

Que leur dire ?
Que leur dirais-tu,
Toi, de qui sommes-nous devenus,
Nous, pauvres martyrs ?

Et ce sang qui s'écoule
Du plasma ancestral,
Laisse ma gencive pâle
D'un monde qui s'écroule.

Madre

Te he amado en los confines de mi odio,
Con tus ojos azules fríos
Glacial, mi pena
Te calentaba de vez en cuando.

Arañarte, golpearte
Amarte, mentirte a ti misma
Ocultarte
A tu propio barco

Las velas que no he podido encender
Un mes de agosto, en una iglesia
Desierta, sin alma que atiza
Las membranas del fuego sagrado.

Yo te llevo conmigo
Como un recuerdo
Tardío y frío
Un vaso de pulir
Que no puedo honrar
De la manera que debe ser
De la forma que debería
Como todas las veces.

¿Dónde te han enterrado?
¡Qué Cerbero está en tu puerta!
¿Has tenido la oportunidad de celebrar
Nuestros años muertos?

Antes de que te vayas
Sola, en tus tristezas
Picada como un perro
Abandonado.

Donde están nuestros objetos pactados,
Mi gramática griega,
Mi atardecer,
Mis libros favoritos
De niña,
Por qué has dado todo,
Tirado todo por la borda.

Qué creen que nos queda,
Para nosotros los vivos
Cuando ustedes se van,
Si no nos dejan
Nada.

Nada de ustedes, nada de ustedes,
De su historia
Algunos rastros enterrados en el suelo
Algo para volver locos
Los más deslumbrados
En un mortuorio.

Los inmigrantes del corazón

Los que vienen de la nada
Inmigrantes del corazón
Sin patria ni casualidad
Nostalgia de un calor…
¿Donde está el refugio
De los exiliados del alma?
Palabra centrífuga
De una acogida de mujer.

Les immigrés du coeur

Ceux qui viennent de nulle part
Immigrés du cœur
Sans patrie ni hasard
Nostalgie d'une chaleur…
Où est le refuge
Des exilés de l'âme ?
Parole centrifuge
D'un accueil de femme.

Presa

Un velo en tus ojos,
Sufrimiento por la moral ajena,
Que nos ciega y nos odia
De tantas libertades adquiridas…

Tan orgullosos y solos
Los nómadas son
La estrella de la tierra,
Estrella del pastor, estrella de tu nombre,
Que de repente vuelve a mí.

Me hubiera gustado callarlo
Pero la memoria del tuyo
Me hace bien prisionera…

Prison

Un voile dans tes yeux,
Souffrance de la morale d'autrui,
Qui nous aveugle et nous en veut
De tant de libres acquis...

Si fiers et solitaires
Les nomades sont
L'étoile de la terre,
Etoile du berger, étoile de ton nom,
Qui me revient soudain.

J'aurais voulu le taire
Mais la mémoire du tien
Me rend bien prisonnière...

Caricia

Acurrucarme
Sobre la dulzura
De tus pestañas
Para no terminar,

Me voy a tragar esto,
Bajo el velo
De tu propia piel
Sin ánimo de palidecer,

Invadir
En el mundo del hombre
De tu perfume,
Sin rubor, por favor,

Morir
Por la caricia
Sutil
De lo que deseas.

Buen puerto

Toda mi ternura
Para decirte una cosa:
La infinita caricia
De mi deseo
Se dirige hacia ti.

Y yo te puedo decir
Que lo inesperado
Ha llegado muy bien
En el buque…

Bon port

Toute ma tendresse
Pour te dire
L'infinie caresse
De mon Désir
Vers toi.

Et je peux te dire
Que l'inespéré
Est bien arrivé
Au navire...

Torre de marfil

La intensidad
Con tu mirada,
Esta ausencia
Se pone en trance
mi querido
El ojo gordo…

Mi mente se escapa
Con un poco de suavidad,
En una válvula
El interruptor de encendido.

Él alcanza
Sin creer en ella
Tu vacuna,
Torre de marfil.

Él golpea
Ahí está tu puerta
Sagrada bofetada que tienes
Que te vayas.

Solo entre todos ellos,
Tú lo has reconocido
Terremoto
De tu propio palacio.

Pienso en ti.

Ruptura

Tengo frío sin ti,
Tengo sed sin ti,
Tengo hambre sin ti,
Ya no oigo nada,
Ya no veo nada,
Ya no siento nada,
Estoy vacía sin ti.

De ti ya no tengo
Más que tu camisa negra,
Tu chaqueta de cuero
Un montón de recuerdos,
Las señales de esperanza,
Estoy muy confundida.

Por supuesto que me dejaste
Tus cosas favoritas,
Tus lágrimas abundantes,
Una idea obsesiva,
De amor adorado.

Confeti

Confeti de ternura
Para las horas que languidecen
Mi angustia por ti
Colección indefinida
En un espacio-caricia
Te doy las buenas noches.

Des confettis

Des confettis de tendresse
Pour les heures où languit
Ma détresse de toi
Collection indéfinie
Dans un espace-caresse
Je te dis bonne nuit.

Debutante

Esta es una historia
Sin un comienzo
Ni esfuerzos,
No esperada
Sin perder el tiempo
Ni de una noche…

Una historia…
Ebria
De promesas
Lasciva
De alegrías

Impulsiva
Salvaje
Instintiva…

Débutante

C'est une histoire
Sans commencement
Ni déboires,
Non espérée
Sans égarement
Ni d'un soir...

Une histoire...
Ivre
De promesses
Lascive
D'allégresses

Impulsive
Sauvageresse
Instinctive...

Un beso se va

Un beso se va
Tiene un largo viaje por delante…
No nos vamos al azar
De las pastillas para dormir.
El camino es duro,
En la noche y la frialdad,
¡Sobre todo, que él no se congela!
Y cuando llegue a su destino, se depositará,
En los labios de Arno,
¡Quién no se dará cuenta,
De su asombro, señor!

Pez azul

Hilado de pez azul
Que corre bajo la lluvia
Para que el tiempo de amor
Hacer reinar las preocupaciones,
Y te amo, es cierto
A quién, para qué
Sin deseos concretizados,
Juntos en la fe
De vida en poesía
Relación entre tú y yo.
Y todos te encantan
Este en lugar de otros
O, mejor dicho, un buen apóstol
Hacia el nuevo puerto
De un deseo que es nuestro.

Recuerdos de Colombia

Cuando me despida de Colombia,
Cantaré el amarillo, el azul, el rojo;
Amarilla, la arena; azul, el cielo; roja, la tierra;
Citaré la estación seca y su sol
Quemado y pesado,
Que me sofoca y devora;
Cantaré el invierno y sus lluvias,
Contaré cómo, en las noches que vigilo,
Las hecatombes de agua inundan el paisaje;
Hablaré de la serpiente sin preocupaciones, del alacrán
que la acompaña,
De las iguanas, de los jaguares, de los loros,
De los guacamayos que vuelan antes de la noche,
De los monos, de los colibrís, de los escarabajos,
De las ranas, de los caimanes, de los pavos reales,
Cuando me despida de Colombia.

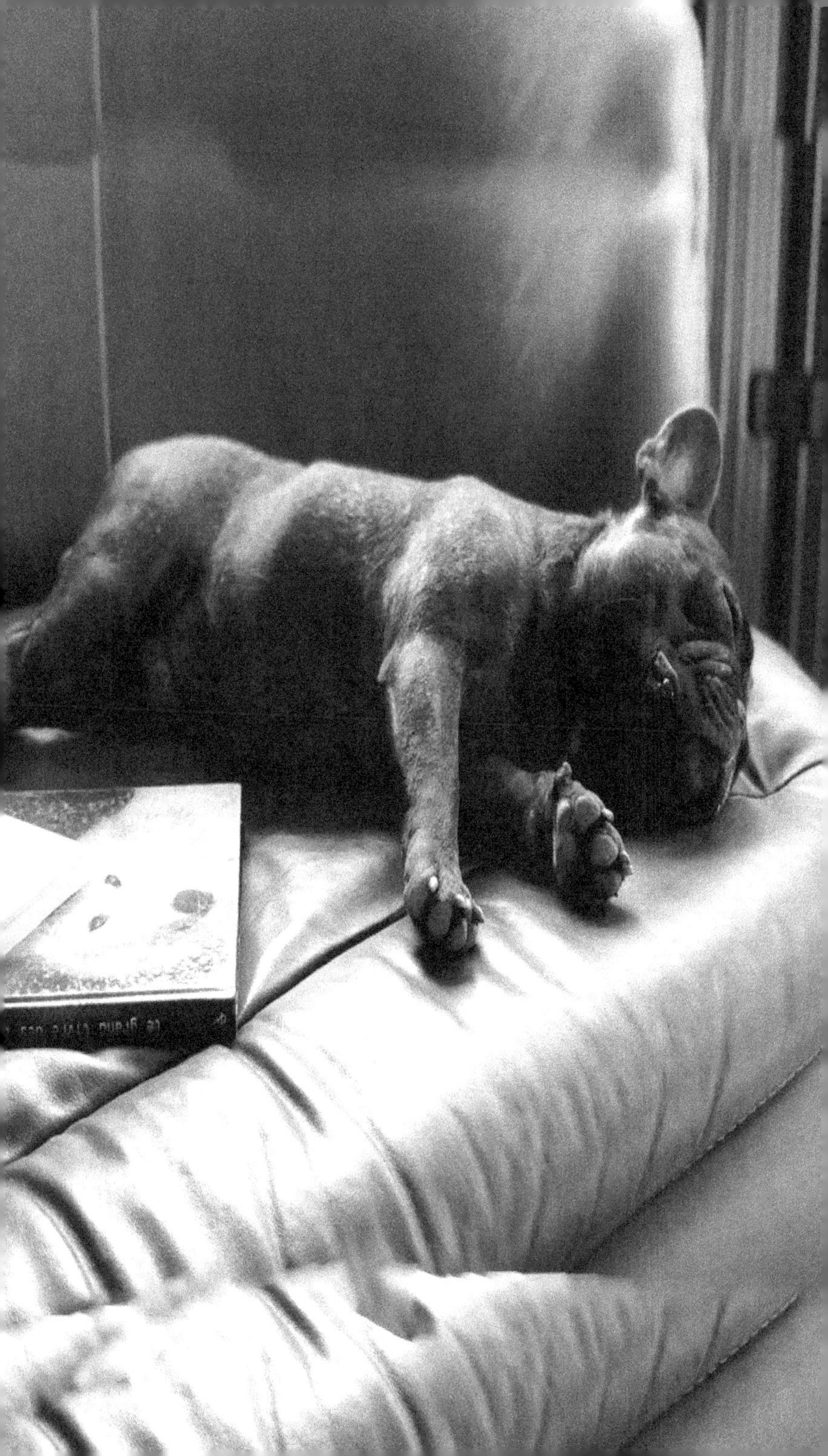

ÍNDICE

ALGUNOS LIBROS DE LA AUTORA

(En francés)

2018. *Poésies de première vie*, Amazon.

2017. *Hieronymos*, Amazon.

2017. *La Louisette*, Amazon.

2017. *Harcèlement. Psychologie & Psychopathologie*, Amazon.

2017. *L'imposture des droits sexuels*, Amazon.

2017. *Les égarés de Saint-Antoine*, Les Girolami-Cortona Tome 1, Amazon.

2016. *Psychopathologie de la paranoïa*, Paris, Armand Colin, 2019.

2016. *L'autorité. Psychologie & Psychopathologie*, Paris, Armand Colin.

2015. *Soyez solaire ! Et libérez-vous des personnalités toxiques*, Paris, Payot.

2013. *Se sentir en sécurité*, Paris, Payot.

2013. *Manipulation. La repérer, s'en protéger*, Paris, Armand Colin.

2010. *Tous des harcelés ?*, Paris, Armand Colin.

contact@arianebilheran.com

www.arianebilheran.com

www.facebook.com/arianebilheran